© 2016 Albin Michel Jeunesse – 22, rue Huyghens, 75014 Paris – www.albin-michel.fr – Loi n° 49-956 du 16 juillet 1949 sur les publications destinées à la jeunesse – Dépôt légal : premier semestre 2016 – N° d'édition : 22062/2 ISBN-13 : 978 2 226 32465 8 – Imprimé en France chez Pollina s.a.-L75833

Astrid Desbordes

Pauline Martin

Un amour de petite sœur

Albin Michel Jeunesse

Un jour, mes parents m'ont dit
que j'allais avoir une petite sœur.
Je ne me souvenais pas le leur avoir demandé.

Mais j'étais quand même content.

Au début, une petite sœur,
c'est invisible.

Ou alors c'est très bien caché.

Après, ça ressemble à un gros ballon de foot.
Mais ce n'est pas tout à fait comme au foot,
car les pieds sont dans le ballon.

Pendant longtemps, je me suis demandé à quoi ressemblait une petite sœur, une fois terminée.

Et puis un jour, j'ai trouvé.
Une petite sœur, ça ressemble à ma petite sœur.

Ma petite sœur, elle est vraiment toute petite.
Mais parfois, elle prend beaucoup de place.

Et même un peu la mienne.

Mais maman m'a dit que dans le cœur des parents
il n'y a jamais de problème de place.
C'est grand comme le ciel.

Ce qui est bien avec une petite sœur,

c'est que ça grandit.

Depuis que ma petite sœur
sait marcher,

je lui apprends à voler.

Maintenant, quand je joue au cow-boy,

on joue aussi aux Indiens.

Et quand elle joue au ballon,

on fait un match.

Quand elle a un peu peur du noir,

ma petite sœur vient près de moi.
Et ensemble, on n'a plus peur de rien.

Quand ma petite sœur est très bien cachée,

je joue à très bien la chercher.

Et quand elle n'est vraiment pas là,
c'est bien aussi.

Parfois, ma petite sœur et moi, on est en guerre.
Pour toujours.

Mais jamais pour longtemps.

Ma petite sœur, j'aimerais bien qu'elle
ne grandisse pas trop quand même.

Car ce que je préfère avec ma petite sœur, c'est être son grand frère.